Christian Morgenstern *Liebesgedichte*

Christian Morgenstern

Liebesgedichte

ausgewählt und herausgegeben
von Jean-Claude Lin

Verlag Urachhaus

Meinem

Hochsommernacht-Kind

vom 19.8.

JC

Alle Gedichte nach der kommentierten Stuttgarter Ausgabe der *Werke und Briefe* Christian Morgensterns, unter der Leitung von Reinhardt Habel:
Band I: Lyrik 1887–1905
Band II: Lyrik 1906–1914
herausgegeben von Martin Kießig, erschienen 1988 bzw. 1992 im Verlag Urachhaus.

ISBN 978-3-8251-7886-4

2. Auflage 2014
Erschienen im Verlag Urachhaus
www.urachhaus.de

Gesamtherstellung: Druckhaus Nomos, Sinzheim

Der kann von Liebe nicht reden,
dem sie nimmer Verlust und Gewinn war –
dem sie nie irgendwann der Sinn war
von allem und jedem.

Nachlese zu *Melancholie*

In Phantas Schloss / 1895

Mädchentränen

Die schönen, blauen Augen des Himmels
hängen voll trüber Nebelschleier,
und unter verstohlenen Schluchzern
strömen graue Güsse zur Erde nieder.
Auf traurigen Häuptern tragen die Bäume
das schwere Tränenweh, die Bäche
hetzen verstört sich talwärts, mürrisch
vermummt sich der Berg in weißer Wolle.

Und das alles?
Weil mit allzuglühender Lippe
der liebesrasende, ungestüme Sonnengott
des Morgenhimmels reine, kühle Mädchenunschuld
bestürmt und die tief errötende Geliebte
mit allzuversengenden Küssen
in ihrer jungfraustillen Seele
fassungslos aufgewühlt.
Wie ein Krampf packte die Leidenschaft
den überwältigten Herzensfrieden …
Und all die verwirrten Gefühle
lösten und schütteten sich aus
in einem großen Weinen.

Mählich verebben die Seufzer.
Versöhnlicher, weicher wird das Herz.
Und schon sehe ich wieder ein halbes Lächeln,
ein warmes Winken
undämmbar aufdrängender Liebe
in den schönen, blauen Augen.

Auf vielen Wegen / 1897

Der Besuch

Wie doch ein Traum so traurig stimmt,
wenn unser Geist Vergangenheit
und Gegenwart als eines nimmt!

Ich saß bei dir im Brautgemach
und sprach von deinem Bräutigam,
und wie so alles anders kam …

Und lachte hell und scherzte laut …
Doch endlich ward mein Sinn zu schwer –
du warst ja eines andern Braut!

Ein Garten lag vor deinem Haus,
da trug ich meinen Schmerz hinein
und weinte meine Wehmut aus.

Und als ich wiederkam, da schien,
als ahntest du, was mich erregt,
und selber wardst du sanft bewegt.

Dein Mütterlein umfing mich still,
sie wusst' um die geheime Lieb',
die stumm in mir ihr Wesen trieb.

Wir setzten uns den Tisch umher …
Du hattest alles selbst gekocht –
doch mir, mir mundete nichts mehr.

Das Bild

Aus seinem Rahmen trat dein Bild
und schlang den Arm mir ums Genick –
und, eingewurzelt Blick in Blick,
durchgingen wir ein fremd Gefild …

Und gingen stumm und unverwandt
und tranken unsrer Seelen Glanz
und wurden *eine* Seele ganz
und fühlten, was wir nie gekannt …

Da schlug ein Lärm an unser Ohr –
ich sprach ein Wort – du fuhrst zurück –.
Zerflossen war das kurze Glück,
und alles wieder wie zuvor.

Rosen im Zimmer

Ich stand, eine Vase
voll üppiger Rosen,
auf einer Konsole
am Lager der Liebsten
und goss überschwängliche
Gluten und Düfte
ins mondige Dämmer
der magdlichen Kammer.
Aufseufzte das Mädchen
und streckte das weiße
Gelenk ihrer Linken
nach mir und umschloss mich
und hob mich hinüber –
und alles im Schlafe.
Da schwankte die Vase,
und all meine Rosen
entfielen ihr lodernd
und hüllten in Purpur
das brüstliche Linnen:
Aufschlugen erschreckt sich
zwei glänzende Augen –
und sahn mich, den Menschen,
sich über sie beugen …

Ich aber – ihr Götter! –
mich über sie neigend,
ich ward meines Kusses
betrogen! –: Nur Rosen,
worauf ich mich neigte!
Kein Liebchen, kein Lager,
kein Zimmer, kein Ort mehr –
nur Rosen, nur Rosen!
Ich stürzte in Rosen –
durch Rosen – auf Rosen …
bis quälende Schmerzen
der Schläfe mich weckten.

Das Äpfelchen

Auf einer Wiese, der sich hier und dort
ein reich beschwerter Apfelbaum enthob,
ergötzten wir, ein Häuflein Freunde, uns,
mit grünem Obst uns scherzend zu bekriegen.
Ich lag im Gras, entsandte, deckte mich,
erspähte Blößen, wurde selbst getroffen –
da plötzlich stand, wer weiß, woher sie kam,
die Liebste meiner Knabenzeit vor mir
und winkte, wie zu zarter Fehde fordernd,
mir zu, – dass ich ein unreif Äpfelchen
gemessnen Schwungs nach ihrer Wange schickte.
Oh wie viel Liebe da aus ihren Augen,
aus ihrem Lächeln brach, als, leicht errötend,
sie sich ein wenig nun herunterbeugte
und schelmisch drohte – wie viel tiefe Liebe!
Mein Auge floh vor so viel süßem Glück,
und sehnend streckt' ich meine Rechte aus
und fasste ihres Kleides reinen Saum,
ihn, wie aus Reue meiner Tat, zu küssen.
Da ging mein Glück wie ein Gewebe auf …
Und andre Bilder spann mein träumend Hirn.

Sehnsucht

Dort unten tief im Dämmer-Grunde,
wo nun so wach die Wasser gehn,
und hier verstreut und da im Bunde
die mondumwobnen Villen stehn,

dort hast du nun mit all den andern
zur sanften Ruhe dich gelegt,
indes dem Freund allein im Wandern
das Blut sich minder ruhlos regt …

Schlaf' süß in deinem Silbertale,
mein Dunkelauge, Rätselkind,
gegrüßt von jedem reinen Strahle,
der selig in die Tiefe rinnt!

Schlaf' süß! und sieh den Freund im Traume
sich nächtlicher Natur vertraun
und von des Bergwalds dunklem Saume
verzückt und schmerzlich niederschaun!

War das die Liebe …

War das die Liebe, die mich gestern streifte,
wie eines seidenen Gewandes Atem
im Dunkel, wie ein windvertragner Duft,
wie Harmonien aus der blauen Nacht,
woher, du weißt es nicht, doch stockt dein Blut
und horcht in die Geheimnisse der Dinge …
und all dein Wesen flutet zögernd aus,
du fühlst dich wie ein Strom die Welt durchrinnen
und ahnst doch noch ein Mehr-als-diese-Welt,
wie hinter feiner Schleier Wehr noch wartend,
ein Himmelreich voll Blüten, Früchten, Sonnen, –
und lächelnd winkt, die dich so sehr gerührt.

Ich und die Welt / 1898

Leise Lieder …

Leise Lieder sing ich dir bei Nacht,
Lieder, die kein sterblich Ohr vernimmt,
noch ein Stern, der etwa spähend wacht,
noch der Mond, der still im Äther schwimmt;

denen niemand als das eigne Herz,
das sie träumt, in tiefer Wehmut lauscht,
und an denen niemand als der Schmerz,
der sie zeugt, sich kummervoll berauscht.

Leise Lieder sing ich dir bei Nacht,
dir, in deren Aug mein Sinn versank,
und aus dessen tiefem, dunklen Schacht
meine Seele ewige Sehnsucht trank.

Winternacht

Flockendichte Winternacht …
Heimkehr von der Schenke …
Stilles Einsamwandern macht,
dass ich deiner denke.

Schau dich fern im dunklen Raum
ruhn in bleichen Linnen …
Leb ich wohl in deinem Traum
ganz geheim tiefinnen? …

Stilles Einsamwandern macht,
dass ich nach dir leide …
Eine weiße Flockennacht
flüstert um uns beide …

Schicksale der Liebe

I

Ich stand, ein Berg,
still und einsam.
Da kamst *du*
und zerschmolzest
das Erz meiner Adern!

Nun bricht es vulkanisch heraus,
ein Schrecken dem Wandrer,
ein Schrecken mir selber.
Verdorrt steht
mein blühender Schmuck,
stumm
meiner Quellen Gespräch,
und langsam
verrinnt
mein Blut
um dich …

II

Wir sind zwei Rosen,
darüber der Sturm fuhr
und sie abriss.

Gemeinsam
wirbeln sie nun
den Weg entlang,
und ihre Blätter
wehn durcheinander.

Heimatlose,
tanzen und fliehn sie,
nur für einander
duftend und leuchtend,
den Weg der Liebe –:

Bis sie am Abend
der große Feger
lächelnd
auf seine Schaufel nimmt.

Ein Wunsch

Weißt, was ich möchte, Mädchen?
Ich wollt, ich wär ein Maurer
und stürzte vom Gerüst,
und kurze Frist nur gäbe
man meinem Leben noch …
Sie trügen in dein Haus mich,
du pflegtest mich voll Mitleid,
voll frauenhafter Güte,
voll leiser Traurigkeit …
Und deine Hände lägen
auf meiner Fieberstirn,
und unter deinen Händen
schliefe mein Herzblut ein.

Kinderliebe

Nach Klostersitte floss dein wollen Kleid
in grauer Strenge faltenlos zum Fuß,
doch drüber hin, gelöst und quellend reich,
des sanftesten Marienkopfs Gelock.
Braunaugen, wie von stiller Gluten Wehn
erschimmernd, sich verschleiernd – strahlt ihr noch? …
Ich war wohl acht, du dreizehn Jahre alt.
Was war's, das unsre Lippen jäh verband –
ach *eine* selige Sekunde nur –
wie erster unaussprechlich süßer Durst
von Mann zu Weib – in weltvergessnem Kuss –
dem schönsten Kusse, den ich je geküsst ..?..
Wo weilst du, Liebe, – nun wohl Mutter längst,
doch ewig junge Beatrice mir –?
Gemahnt auch dich noch Hauch versunkner Zeit –
und gabst auch Du dein Herz nie süßer hin?

Gleich einer versunkenen Melodie …

Gleich einer versunkenen Melodie
hör ich vergangene Tage
mich umklingen.
Heiß von Tränen
wird mir die Wange,
und von wehmütigen Seufzern
schluchzt mir die Brust,
an der du –
ach *Du!*
einst dein blondes,
erglühendes Köpfchen bargst,
o Geliebte!

Geheime Verabredung

Glühend zwischen dir und mir
Julinächte brüten;
gleiche Sterne dort und hier
unsern Schlaf behüten.

Wähl das schönste Sternelein,
will das Gleiche tuen; –
morgen droben Stelldichein
auf geheimen Schuhen.

Gibst du nur nichts anderm Raum,
als mich dort zu finden,
wird ein gleicher süßer Traum
dich und mich verbinden.

Eins und alles

Meine Liebe ist groß
wie die weite Welt,
und nichts ist außer ihr,
wie die Sonne alles
erwärmt, erhellt,
so tut sie der Welt von mir!

Da ist kein Gras,
da ist kein Stein,
darin meine Liebe nicht wär,
da ist kein Lüftlein
noch Wässerlein,
darin sie nicht zög einher!

Da ist kein Tier
vom Mückchen an
bis zu uns Menschen empor,
darin mein Herze
nicht wohnen kann,
daran ich es nicht verlor!

Ich trage die Welt
in meinem Schoß,
ich bin ja selber die Welt,
ich wettre in Blitzen,
in Stürmen los
und bin der Gestirne Zelt!

Meine Liebe ist weit
wie die Seele mein,
alle Dinge ruhen in ihr,
das ganze Weltall
bin ich allein,
und nichts ist außer mir!

2.3.1897

Allein im Gebirg

Oh du! dass du an meiner Seite wärst!
Mit dir auf diese stillen, grünen Seen,
auf diese edlen, blauen Berge träumen;
aus all der Schönheit noch zu einer höhren
zurückzuwissen, wenn die Seele dürstet;
an deiner Augen Spiegel dann zu hängen,
die klarer als das klarste Bergseebecken
nur mich – wie meine dein Bild – widerschimmern;
im warmen Steinsitz dann zurückzulehnen,
bis *einer* Sehnsucht unsre Lippen folgen
und, ohne Wunsch, nur wie in himmelsholder
Gelöstheit, unsre Seelen sich berühren;
und wieder dann so Kopf an Kopf den Weiten
der ungeheuren Landschaft hingegeben,
mit Augen, die vor Glück in Schleiern liegen,
mit sanftem Atem zarter, junger Liebe –
oh du, dass du an meiner Seite ruhtest!
Was ist mir all die Schönheit ohne dich.

Abendpromenade

Das war ein langer Weg mit jungen Bäumen,
unweit des Hauses, den wir jenen Abend
so unermüdlich auf und nieder gingen,
so zärtlich Arm in Arm; ich weiß noch, wie du
den deinen unter meinen Mantel schmiegtest,
dass dir sein Flügel halb die Schulter hüllte.
Was schwatzten wir nicht alles da! Du klagtest
von Sorgen, die zu früh dir zugemessen,
ich kam dir philosophisch, treu dich lehrend,
was grade mir an Weisheit aufgegangen;
dazwischen wehten milde Abendwinde,
und unten lag der See in mattem Glanze.
Und weißt du auch noch, wie ein altes Weibchen
uns lächelnd als ein junges Brautpaar grüßte
und wir ihm fromm doch fruchtlos widersprachen?
Ach, Herz, wenn ich an diesen Abend denke
und an den kleinen Weg mit jungen Bäumen,
dann möcht ich jeden Lufthauch für dich bitten,
er mög dir all des Glückes Träger werden,
das ich dir wünsche, Tapfre, Liebe, Gute!

Begegnung

Wir saßen an zwei Tischen – wo? – im All …
Was Schenke, Stadt, Land, Stern – was tut's dazu!
Wir saßen irgendwo im Reich des Lebens …
Wir saßen an zwei Tischen, hier und dort.

Und meine Seele brannte: Fremdes Mädchen,
wenn ich in deine Augen dichten dürfte –
wenn dieser königliche Mund mich lohnte –
und diese königliche Hand mich krönte –!

Und deine Seele brannte: Fremder Jüngling,
wer bist du, dass du mich so tief erregest –
dass ich die Knie dir umfassen möchte –
und sagen nichts als: Liebster, Liebster, Liebster –!

Und unsre Seelen schlugen fast zusammen.
Doch jeder blieb an seinem starren Tisch –
und stand zuletzt mit denen um ihn auf –
und ging hinaus – und sahn uns nimmermehr.

Ein Sommer / 1900

Dagny

Wenn dieses zarte Glühen
in deine Wangen strahlt,
als wie den frühsten frühen
Himmel ein erster Schimmer malt,
da fühl ich erst, wie rein du bist,
welch feine klare Schale
voll unberührtem Wein du bist,
bestimmt zum höchsten Mahle
der Erde.

D. (norweg.) = Erstes Frühlicht.

4.6.1898

Gute Nacht

Nebel lag überm Land,
und die Bäume rauschten so sacht,
da gab mir deine liebe Hand
ihr erstes süßes ›Gutenacht‹.

Und ich dann noch in den Nebel ging –
und die Bäume wühlten in meinem Sinn –
und ich bebte und redete vor mich hin –
und mein Auge voll Tränen hing.

23.7.1898

An solch einem Vorabend der Liebe –
du weißt noch nicht, was da werden wird,
aber dein Herz ist so süß bewegt,
in den reinen Abend so aufgelöst …
großer Sonne, die rot
hinter die blauen Berge sinkt,
trinkst du träumend dein Glas nach …
und die gedämpfte Musik,
die du von fröhlichem Volk
fernher hörst,
spinnt dich nur tiefer ein …
und du fühlst,
wie ein anderes Haupt
leis deiner Schläfe sich schmiegt
und mit dir hinausträumt
aus braunen geliebten Augen …
und du schließest die deinen
und sitzest so lange,
ganz still und vergessen;
und dann stehst du auf
und küssest ein paar
geschenkte Blumen
und vergräbst dein Gesicht ganz
in schmeichelnde Blüten …
An solch einem Vorabend der Liebe …

Oh, um ein Leuchten deiner Augen alles!
Hör mich! Ein Märchen –. Als der alte Gott
noch jung in seinen Gärten wandelte,
da fand er einst auf einer Wiese *sie*
in leichtem Schlummer reizend hingestreckt.
Und wie er überwältigt steht, die Arme
noch zum zerteilten Busch zurückgebreitet,
erwacht sie von dem Brechen eine Zweigs
und hebt der Wimpern seidnen Silberwurf
und träumt den ersten großen Blick ihm zu.
Und wie der Herrliche nun näher eilt
und vor ihr kniet, da geht ein Rätselleuchten
aus ihrem Aug, wie wenn in Wogenschleiern
sich das Geheimnis einer Meergrundsonne
verhüllen wollte und sich doch verriete …
Und sieh, um dieses Leuchten schuf Gott alles,
was ist, – der Sterne schimmernde Girlanden –
der Vögel Legion, den Tag der Liebe
durch ewige Äonen wiederholend –
und dich und mich – und alles Glück und Elend
von Ewigkeit zu Ewigkeit – ! – Du lächelst!
Oh, um dies Leuchten deines Lächelns alles!

13.6.1898

Heimat

Nach all dem Menschenlärm und -dust
in dir, geliebtes Herz, zu ruhn,
so meine Brust an deiner Brust,
du meine Heimat nun!

Stillherrlich glänzt das Firmament
in unsrer Augen dunklen Seen,
des Lebens reine Flamme kennt
kein Werden und Vergehn.

Vergebliches Warten

Du kommst heut nicht – –.
Ich schaue auf den Busch,
der seine schlanken Zweige herbstlich sträubt,
und wie die Heide rötlich mich umschwankt,
und wie die Landschaft sich in Abend hüllt, –
und reiße mir ein Büschel Heide aus,
von jener Stelle, da du sitzen solltest.
Du kommst heut doch nicht – –.
Und so will ich heim.

5.8.1898

Margerite

Du standst vor einem Blumenglas am Fenster
und legtest deine Hand
mit einer schönen
unendlich gütigen Bewegung
um eine Margerite,
ihr von unten her
den Blätterkreis mit der
gekrümmten Hand
verengend
und sie mit einem Seufzer –
mir wenigstens erschien es so –
und voller Liebe anblickend,
dass ich empfand,
dass zwischen dir und jener Blume sich
Geheimnis stiller Zwiesprache
verberge. –
Und wie ich heute selbst
das gleiche Spiel,
mein selber lächelnd, treibe
und ›mit Schmerzen‹ ende, –
lächle ich nicht mehr –
und denke jenes Abends an dem Fenster
und jener traurig-gütigen Gebärde.

Mysterium

Unsichtbare Bande weben
zwischen uns geheime Mächte,
wirken in ein einzig Leben
unsre Tage, unsre Nächte.

Und so wachsen wir zusammen,
bis wir ganz uns selbst entglitten …
Über unsern Häupten flammen
schon die Augen eines Dritten.

25.5.1898

… Und manchmal denk ich mir im Übermaß:
So sieht wohl keiner heut die Welt wie du,
so liebt wohl keiner heut wie du des Lichts,
der Linien, Laute, Lüfte, Düfte Spiel,
dringt ins Unendliche der Allnatur
mit so beglückten Sinnen ein und fühlt
der Menschenseele süße Dankbarkeit
in all ihr Leben heute so wie du.

Hier im Wald mit dir zu liegen,
moosgebettet, windumatmet,
in das Flüstern, in das Rauschen
leise liebe Worte mischend,
öfter aber noch dem Schweigen
lange Küsse zugesellend,
unerschöpflich – unersättlich,
hingegebne, hingenommne,
ineinander aufgelöste,
zeitvergessne, weltvergessne.
Hier im Wald mit dir zu liegen,
moosgebettet, windumatmet …

10.7.1898

So sagt der Ort

Mein liebes Kind, an das ich Tag für Tag,
so sagt der Ort, ein Liebesliedchen schicke,
nun hat mein Umgang dich, so sagt der Ort,
in eine schreckliche Gefahr gebracht.

Man denke, ein erwachsnes junges Paar,
so sagt der Ort, das sich sechs Monde nun,
wer weiß wie oft, so sagt der Ort, gesehn
und sich noch nicht verlobt hat, sagt der Ort!

Entsetzlich, sagt der Ort, er geht ins Haus
der Eltern ohne Absicht, sagt der Ort,
und plaudert dort und wärmt sich am Kamin
und geht dann wieder fort, so sagt der Ort.

Und sie, so sagt der Ort, sie sitzt dabei
und strickt, indem er spricht, so sagt der Ort.
Und schamlos, sagt der Ort, vergisst sie ganz,
wie unmoralisch doch dies alles ist.

Denn wir, so sagt der Ort, begreifen nicht,
was sich zwei Menschen so sechs Monde lang
zu sagen haben, ohne, sagt der Ort,
dass sich das einzig Schickliche begibt.

Das einzig Schickliche jedoch, so sagt
der Ort, ist Heirat, Heirat sagt der Ort.
Man meide sich entweder oder werd
ein Paar, so sagt der Ort, so sagt der Ort.

Diese Rose von heimlichen Küssen schwer:
Sieh, das ist unsre Liebe.
Unsre Hände reichen sie hin und her,
unsre Lippen bedecken sie mehr und mehr
mit Worten und Küssen sehnsuchtsschwer,
unsre Seelen grüßen sich hin und her –
wie über ein Meer – – wie über ein Meer – – –
Diese Rose vom Duft unsrer Seelen schwer:
Sieh, das ist unsre Liebe.

Und soll ich dich auch nie besitzen,
so will ich deinen Namen doch
ins Holz der Weltenesche schnitzen,
ein Zeugnis fernstem Volke noch.

So sollen tausend Herzen lesen,
die gern ein kleines Lied beglückt,
was du mir Einsamem gewesen,
wie du mich innerlichst entzückt.

20.7.1898

Mein Herz ist leer,
ich liebe dich
nicht mehr.

Erfülle mich!
Ich rufe bitterlich
nach dir.

Im Traume zeig
dich mir
und neig
dich zu mir her!

Erfülle mich
mit dir
auf ewiglich!

Ich trag's nicht mehr, –
ich liebe dich
zu sehr.

Silvester

So fremd sich ganz, so ganz sich Hieroglyphen.
Und feiern *ein* Fest übern ganzen Ball,
und jubeln auf zum stummen Sternenall,
so Rätsel sich in allen tiefsten Tiefen.

O neig dein glühend Antlitz meinem zu,
lass Haupt an Haupt und Herz an Herz uns drängen,
und über unserer Liebe Hochgesängen
in eins verwähnen unser Ich und Du …

Und aber ründet sich ein Kranz

/ 1902

Ich wache noch in später Nacht und sinne,
wie ich dir etwas Liebes sagen möchte,
dass ich dir einen Kranz von Worten flöchte,
daraus du würdest meiner Sehnsucht inne,

die mich nach deiner Gegenwart erfüllet,
als wär' ich nur bei Dir gewahrt vor Sorgen,
als lebt' ich nur in Deinem Blick geborgen,
dem teuren Blick, der mich in Liebe hüllet.

Du bist mein Land,
ich deine Flut,
die sehnend dich ummeeret;
Du bist der Strand,
dazu mein Blut
ohn' Ende wiederkehret.

An Dich geschmiegt,
mein Spiegel wiegt
das Licht der tausend Sterne;
und leise rollt
dein Muschelgold
in meine Meergrundferne.

Du bist so weit oft fort.
Wo weilest Du?
Dein Blick versinkt
in unbekannte Fernen.
Und ruft ein Wort
dich aus der Ruh,
so blinkt
ein fremder Schein
in deinen Augensternen.

Wo magst du, Seele, sein?
Wohin wohl eilest
mit stetem Flügelschlag
du fort von mir?
Ich bin allein.
Ich weiß nicht, wo du weilest.
Was säumest du?
O sag'!

»Vielleicht bei Dir.«

Liebe, Liebste, in der Ferne,
wie so sehr entbehr' ich Dich!
Leuchteten mir milde Sterne,
ach, wie bald ihr Glanz erblich!

Wenn ich deine weichen Wangen
leis in meine Hände nahm,
und voll zärtlichem Verlangen
Mund zu Mund zum Kusse kam;

wenn ich deine Schläfen rührte
durch der Haare duftig Netz,
o, wie war, was uns verführte,
beiden uns so süß Gesetz!

Und nun gehst du fern und einsam.
Ach, wie achtlos spielt das Glück!
Bringt, was einmal uns gemeinsam,
noch einmal sein Strom zurück?

Liebe, Liebste, in der Ferne,
wie so sehr entbehr' ich dich!
Leuchteten uns milde Sterne,
ach, wie schnell ihr Glanz erblich!

20.9.1901

Lämmerchen am dunklen Zelt …
klein und traulich ward die Welt.

Mond ist Herr; die Weltensterne
bleiben hübsch in Weltenferne.

Erde, treues Mutterhaus,
wuchsen fast aus dir hinaus,

stürmten fort auf wilden Schwingen,
Ewigkeiten auszudringen,

sahn dich wie ein Staubkorn schwinden,
konnten kaum zurücke finden.

Bis du dem verlornen Sohne,
dass er wieder in dir wohne,

deiner Töchter eine sandtest
und sein Herz zur Heimat wandtest.

Andrer Tiefen Weltengrund
sucht sein Aug' nun, sucht sein Mund.

Schwesterseele hinter Gittern
macht ihn lächeln, macht ihn zittern;

Schwesterseele, unerlöste,
harrend, dass sein Herz sie tröste.

Wie so klein ward nun die Welt,
wie so nah das Sternenzelt.

Alles ruht nun eingeschrieben
in dem Rätselglück: zu lieben.

20.9.1901

Melancholie / 1906

Bezauberung

Ich ging einmal des Abends, den du kennst, den Weg,
mit einem Freund, der mir von seinen Plänen sprach.
Da ward mir seltsam: Wie ich schweigend neben ihm
und halb ihm lauschend ging im Dämmerlicht, geschah's,
dass ich mich selbst als *dich* empfand, als gingest *du*
in mir und lauschtest, wie ich seinem, meinem Wort …
Und leise nickt' und murmelt' ich ihm zu,
mein Augenaufschlag war der *deine, dein* mein Leib
in jeglicher Bewegung bis ins Innerste …
Und deine scheue Jungfraunseele liebte mich aus mir …

Evas Haar

Als wie ein Feld, das erstes Licht ereilt,
sind deines Hauptes wunderblonde Wellen:
Ein sanfter Morgen scheint ihr Gold zu schwellen,
darauf der Sonne Auge zögernd weilt.

Nun flammt es auf, als käm' es Purpur malen, –
ist es der Mohn, der heimlich in ihm wohnt?
Doch wann der Abend naht mit kühlern Strahlen,
so ruht es wieder blass, wie keuscher Mond.

18.9.1902

Schauder

Jetzt bist du da, dann bist du dort.
Jetzt bist du nah, dann bist du fort.
Kannst du's fassen? Und über eine Zeit
gehen wir beide die Ewigkeit
dahin – dorthin. Und was blieb? …
Komm, schließ die Augen, und hab' mich lieb!

Zum Abschied

Die du durch meinen Tag gewandelt bist
wie Sonnenlicht
durch Gänge dichtbelaubt,
du liebes, lichtes Haupt,
zerbrich mir nicht!
Wenn dir das Leben einst die Zunge löst
der wilden Klag'
und dir das Haar zerzaust
und mit der Faust
dich vor die Stirne stößt: –
Dann denk' an mich …
ich
litt
wie nur ein Mensch von seiner Hand –
und stand
und stritt
mich dennoch durch zum Licht.
O du, und alle, die ich liebe, mit,
zerbrecht mir nicht!

An Eva P.

Wenn nur einmal, sei's,
woher es ist,
deine liebe Hand
mir Grüße sendet –
dass ich weiß:
was flüchtig uns verband,
war nicht, als ich dich verließ,
geendet!
Willst du dies –
die du mir teuer bist?

Portofino, April 1902

Einkehr / 1910

Mittag

Tage gibt es, da des Mittags Bläue
übermild um braune Berge zittert
und in unaussprechlich linder Läue
sie wie Himmelsliebesrausch umwittert.

Ja, wie Liebe bricht es aus den Räumen,
und nur noch aus Frauenaugensternen
kannst du dies aus fast zu seligen Träumen
hergesunkene Gottesleuchten lernen.

Abendweise

Wunder-voller Hain der Nacht,
den wir Tag um Tag betreten,
drinnen Tag um Tag wir beten,
zueinander tief erwacht …

Wölbe deiner Wipfel Pracht
über unserm stillen steten
Opfer, aus emporgewehten
Seelenflammen fromm gebracht!

Ich und Du / 1911

Auf Wieder-hören

Hör zu! Wir wollen uns erst wieder-hören,
eh wir uns wieder-sehn! Du kommst geweht
und hältst die Türe fest und – »Margaret«
so rufst du leis »ist da und will dich stören!«

Drauf ich, mich zwingend, nicht mich zu empören
wider das Spiel, das ich ja selbst erfleht:
O Geisterstimme, liebe, dein Poet
vernimmt dich, aber lässt sich nicht betören!

»Kein Geisterspuk!« so zürnst du zärtlich her.
»So sieh doch nach, ob nur mein Geist dich narrt,
ob so viel Liebe ein Gespenst ertrüge!«

Da spring ich auf, da schau ich deine Züge,
da halt ich deine ganze Gegenwart –
und fasse dich und lasse dich nicht mehr.

Schauder

Das ist es, was mich zittern lässt vor Grauen
in allem Glücke, das ich dir verdanke:
der Zweifel: wohnt in diesem Liebestranke
der Zauber einer oder vieler Frauen …

Du lehrtest einen lang Versunknen schauen!
Doch wird entflorter Blick nun nicht die Schranke
durchtaumeln, wie der süßen Weines Schwanke,
dem jählings schwant, *was* alles Reben brauen?

Du bist doch nicht bloß Zauberstab und -türe
zu Gärten, die nicht schon in dir beschlossen?
Du wirst doch selbst mein Garten sein und Hafen?

O komm, dass mich allein *dein* Herz verführe,
in *ihm*, ein Quell auf alle Zeit ergossen,
von neuem blind, zu wachen und zu schlafen.

4.9.1908

Ein Gleichnis

So wie das Fenster anfangs nur *ein* Schimmer
von künstlichen, doch blinden Eiskristallen,
durch die gedämpft ins winterliche Zimmer
der Morgensonne liebe Strahlen fallen –

doch mehr und mehr löst sich der Reif und Glimmer,
verästeln sich die Blumen zu Korallen,
und lang bevor die Mittagsglocken hallen,
bestehn auch diese Taugebilde nimmer –

der ganzen Sonne liegt der Raum nun offen,
das Glas ward klar und lässt nun ohne Schleier
den schöpferischen Segen einwärts fluten – –

so wehrt, seit deine Liebe mich getroffen,
mein Sinn, vom Eis der Abwehr täglich freier,
kaum länger ihren unverwandten Gluten.

Du warst mir heut wie aus dem Sinn geschlagen …
Da überkommt es mich zur Dämmerstunde:
Du bist ja jetzt in meinem Leben, – *du!*

Du lebst es – mit? Ich darf's zu glauben wagen? …
Dein Antlitz grüßt von meines Kelches Grunde …
und schauernd trink ich mir dies Antlitz zu …

»In meinen Tränen halt ich dich gefangen,
als wie in einem Spiegel, der zu Perlen
zerrann – doch jede Perle Spiegel noch.

Im Spiegel meines Auges wohntest du.
Der Spiegel brach. Doch jede seiner Perlen,
als die er hintropft, – spiegelt noch dein Bild.«

»Wie du Personen oft vergleichst mit Ziffern:
Der ist dir – 2, die – 3, der – 5, die – 7!
So hab auch ich, am Flügel, meine Chiffern.

Tonarten sind mir – Menschen (lach du nur!).
So bist *du* meist es-Moll, doch auch Fis-Dur.
Und sieh: so lern ich selbst Tonleitern – lieben.«

23.9.1908

»Auf der Treppe sitzen meine Öhrchen,
wie zwei Kätzchen, die die Milch erwarten …
Auf der Treppe sitzt mein Herz und harret,
wie ein Geistchen, Kinn in Hand gestützet.

Doch der Bote mit den Briefen kommt nicht.
Taub und ohne Seele drin im Zimmer
lieg ich. Wünsche nichts zurück zu haben.
Nicht die rosa Kätzchen, nicht das Geistchen.«

In einer Nacht, da ich dein Herze küsste –
(ach, das ist alles Traum, nur Traum, du weißt es)
sprachst du zu mir: Lass mich auch *dein* Herz küssen.

Und beugtest dich in schmerzlichem so Müssen
auf mich und küsstest hingegebnen Geistes
(das ich so gern dir hingegeben wüsste).

2./3.10.1908

Hochsommernacht

Es ist schon etwas, so zu liegen,
im Aug der Allnacht bunten Plan,
so durch den Weltraum hinzufliegen
auf seiner Erde dunklem Kahn!

Die Grillen eifern mit den Quellen,
die murmelnd durch die Matten ziehn;
und droben wandern die Gesellen
in unerhörten Harmonien.

Und neben sich ein Kind zu spüren,
das sich an deine Schulter drängt,
und ihr im Kuss das Haar zu rühren,
das über hundert Sterne hängt …

Es ist schon etwas, so zu reisen
im Angesicht der Ewigkeit,
auf seinem Wandler hinzukreisen,
so unaussprechlich *eins* zu *zweit* …

19.8.1908

Es ist Nacht,
und mein Herz kommt zu dir,
hält's nicht aus,
hält's nicht aus mehr bei mir.

Legt sich dir auf die Brust,
wie ein Stein,
sinkt hinein,
zu dem deinen hinein.

Dort erst,
dort erst kommt es zur Ruh,
liegt am Grund
seines ewigen Du.

26.8.1908

Ein einunddreißigster August

Das war der letzte leuchtende August:
Der Sommer gipfelte in diesem Tage.
Und Glück erklang wie eine Seegrundsage
in den Vinetatiefen unsrer Brust.

Ein leises fernes Läuten kam gegangen –
und welche wollten selbst die Türme sehn,
in denen unsres Glückes Glocken schwangen:
so klar ließ Flut und Himmel sie verstehn.

Der Tag versank. Mit ihm Vinetas Stunde.
Septembrisch ward die Welt, das Herz, das Glück.
Ein Rausch nur wie von Tönen blieb zurück
und schwärmt noch über dem verschwiegnen Grunde.

4.9.1908

Überetsch

Ich schaue von der Brücke aus das Gleis
den Berg erklimmen, den wir jüngst besucht.
  Mit leisem Plätschern zieht der Fluss …

Ein Pfiff. Ein Dröhnen. Und von oben rollt
ein Zug in unbeholfnem Trott herab.
  Mit leisem Plätschern zieht der Fluss …

Ja, dort, in solchem Zug auch, fuhren wir
unlängst – und unsrer Trennung Stunde zu.
  Mit leisem Plätschern zieht der Fluss …

Ich sehe dich im engen Wagenraum
mir gegenübersitzen, fast verstummt …
  Mit leisem Plätschern zieht der Fluss …

Nun ist er fort, der kleine Zug, auch er –
Ich stehe auf der Brücke, sinne noch …
  Mit leisem Plätschern zieht der Fluss …

So rollt vorüber Zeit und Los und Liebe –
Nein – Liebe nicht! Sie nicht! Oh Herz! Sie nicht! …
  Mit leisem Plätschern zieht der Fluss …

20.9.1908

Nun wollen wir uns still die Hände geben
und vorwärts gehen, fromm, fast ohne Zagen,
und dieses größte Lebenswagnis wagen:
Zwei miteinander ganz verschlungne Leben.

Und wollen unermüdlich weiterweben
an den für uns nun völlig neuen Tagen
und jeden Abend, jeden Morgen fragen,
ob wir auch ganz *ein* Ringen und *ein* Streben.

Auch ganz *ein* unersättlich Langen, Dürsten,
im Maß des Körperlichen, das uns eigen,
uns immer geistiger emporzufürsten:

Dass wir wie *eines* Pfeiles Schaft am Schlusse,
ineinsverflochten und in einem Schusse,
ein neues Reich höhrer Geburt ersteigen.

Ma bien aimée amie –

Verzeih, dass ich zu fremden Sprachen fliehe,
dir auszudrücken, was ich so nicht wage,
aus Sorge, dass ich zu viel Unruh trage
in dein Gemüt, – ma bien aimée amie!

Wir wollen heiter sein und tapfer, siehe,
und unsern Weg hinschreiten sonder Klage, –
ja, groß und festlich rüsten unsre Tage,
ein reifes Menschenpaar … nicht wahr – chérie!

Ich soll mein Ich ganz an mein Amt vergeuden:
Ein Leuchter mit im Winde wehnden Kerzen
vor seiner eignen Burg verschlossnem Tore.

Du geh und lebe deinen Leid- und Freuden!
Und trage du mein Ich nur so im Herzen,
wie ich dein Du, – – cuor del mio cuore! …

An Margareta

Ich habe nicht gewusst, dass so viel Liebe
in einem Menschen sein kann – und zu mir.
Zwar – ich bin ungerecht. Und doch – es hat
mich nimmermehr zuvor so überwältigt.

So will ich sagen: Wissen um die Liebe,
das tat ich stets, und war auch wohl ihr Gast,
so wie ein Gast von Heim und Herdglut weiß.
Durch dich erst aber *glaub'* ich an die Liebe.

Selbst (und das ist das Schwerste) an die meine;
an meine Fähigkeit zu jener letzten
Ver-einigung des ewig sonst Ent-zweiten.

Nun nicht mehr Gast nur wandl' ich durch die Zeiten, –
nun sitz ich selbst am Herd und atme Frieden,
und glaub an *alle* Liebe – durch die deine.

28.9.1908

Wir fanden einen Pfad / 1914

An den andern

Ich hatte mich im Hochgebirg verstiegen.
Die Felsenwelt um mich, sie war wohl schön;
doch konnt ich keinen Ausgang mir ersiegen,
noch einen Aufgang nach den lichten Höhn.

Da traf ich dich, in ärgster Not: den andern!
Mit dir vereint, gewann ich frischen Mut.
Von Neuem hob ich an, mit dir, zu wandern,
und siehe da: Das Schicksal war uns gut.

Wir fanden einen Pfad, der klar und einsam
empor sich zog, bis, wo ein Tempel stand.
Der Steig war steil, doch wagten wir's gemeinsam …
Und heut noch helfen wir uns, Hand in Hand.

Mag sein, wir stehn an unsres Lebens Ende
noch unterm Ziel, – genug, der Weg ist klar!
Dass wir uns trafen, war die große Wende.
Aus zwei Verirrten ward ein wissend Paar.

Ich habe den MENSCHEN gesehn in seiner
tiefsten Gestalt,
ich kenne die Welt bis auf den Grundgehalt.

Ich weiß, dass Liebe, Liebe ihr tiefster Sinn,
und dass ich da, um immer mehr zu lieben, bin.

Ich breite die Arme aus, wie ER getan,
ich möchte die ganze Welt, wie ER, umfahn.

So unaussprechlich *eins* zu *zweit*

Warum du und ich? Warum ausgerechnet wir beide? Was ist es, was zwei Menschen, die sich lieben, miteinander verbindet? Es gibt doch so viele Menschen, die geliebt werden könnten; und doch, für eine bestimmte intensive Ausprägung der Liebe, scheint es nur einen zu geben, auf den es ankommt. Eine solche Empfindung lebt, mehr oder weniger bewusst, latent in jeder aufkeimenden Liebe eines Paares. Aber woher kommt das »Paar«, und wohin geht es? Mit welcher Dauer tritt die Liebe in Erscheinung? Ist sie überhaupt von Dauer?
Christian Morgenstern hat das Rätselhafte der Liebe zweier Menschen zutiefst empfunden. Er spricht vom »Rätselglück: zu lieben« in dem Gedicht *Lämmerchen am dunklen Zelt* vom 20.9.1901, oder davon, wie Liebende sich gegenseitig als zu dechiffrierende Zeichen begegnen: »So fremd sich ganz, so ganz sich Hieroglyphen« in dem Gedicht *Silvester* im Nachklang der Liebe, die er einen Sommer lang mit Dagny Fett erlebte.
Am 11.5.1898 lernte er die am 9.3.1877 geborene Tochter eines in Nordstrand bei Christiania (Oslo) lebenden schwedischen Fabrikanten kennen. Ihr widmete er den Band *Ein Sommer*, der 1900 erschien, mit den Worten: »Der's gehört«. Und auch viele der Gedichte in dem darauf folgenden Band *Und aber ründet sich ein Kranz*, der 1902 erschien, sind aus der innig empfundenen Beziehung zwischen Christian Morgenstern und Dagny Fett hervorgegangen. Mit einem Brief vom 9.5.1899 an Dagny Fett löste er jedoch die Liebesbeziehung: »Was

jene Ihnen gewidmeten Lieder anbetrifft, so werde ich sie erst in Ihre Hände legen, wenn Sie mich dazu ermächtigen. Sie sind Ihnen nicht unter Ihrem Namen gewidmet, sondern unter einigen Worten, die niemand als Sie verstehen wird. Sie müssen dieses kleine Buch als mein Tagebuch des vorigen Sommers betrachten und sich selbst dazu wie einen Dritten anschauen. Sie müssen sie wie etwas Fremdes betrachten, wie ein Stück zu Bild gewordenes Leben; Sie müssen sich daran freuen – wie an einem Bilde – wenn Sie mich nicht unglücklich machen wollen. Sie müssen mich überhaupt so positiv in sich aufnehmen, wie ich es mit Ihnen getan habe. Positiv, nämlich als einen Zuwachs an Leben, als eine Förderung und Erhöhung, als ein Glück.«*

Bereits die früheren Bände *In Phantas Schloss*, *Auf vielen Wegen* und *Ich und die Welt*, 1895, 1897 bzw. 1898 erschienen, sind wesentlich durch die Liebe geprägt, die Christian Morgenstern für die junge Sängerin Eugenie Leroi empfand, die er im Sommer 1894 in Grund im Harz kennenlernte. Vor dem Erscheinen seines Erstlingswerkes *In Phantas Schloss* schreibt er am 25.2.1895 der am 4.11.1871 geborenen Eugenie: »Meine liebe herrliche Gena! Nicht wahr, ich kann Sie anreden, wie ich will […] Sehen Sie, das ist die Religion der Königskinder: Stolz und milde den Träumen entsagen, von denen kein Menschen-

* *Werke und Briefe.* Stuttgarter Ausgabe Band I: Lyrik 1887–1905, S. 887

mund sagen kann, ob es mehr als Träume sind; die ganze Inbrunst, die wir bisher in den Gedanken Gott gelegt, mit der wir aus dem Nichts ein gleich uns Lebendiges schaffen wollten, wieder in unser Herz zurückzunehmen und den unbewahrbaren Strom unserer Liebe nun wieder hinausfluten zu lassen auf alles Lebendige und scheinbar Tote, was uns umgiebt, dass die Welt, unser Königreich wieder unser eigen werde, durchgeistigt und gleichsam wiedergeboren und neu erschaffen aus der Seele jedes Einzelnen. Wir sind es ja, in denen alles Leben erst Wert und Sprache gewinnt: in unserer Seele findet der stumme Mund des Alls von seinem Schweigen Erlösung. In unserem Gefühl wird die Rose erst schön.«*

Schließlich lernte der am 6.5.1871 in München geborene Christian Morgenstern ebenfalls in einem Sommer, im August des Jahres 1908, die am 29.3.1879 geborene Margareta Gosebruch in Dreikirchen kennen. Ihr, »Meiner lieben Frau«, ist der 1911 erscheinende Band *Ich und Du* gewidmet. Am 4.9.1908 schreibt er ihr: »im Ich und Du liegt der Welt, liegt Gottes Sinn beschlossen«; und am 11.9.1908: »Wahr ist, daß mir schon seit Längerem rein aus innerem Erleben, ohne bewußte äußere Anregung, das Geheimnis der Welt, das ist ›Gottes‹, in der Zweiheit ahnungsfern aufgehn zu dürfen meinte, in einer ewigen und jeder Bezeichnung entfliehenden Göttlichen – Ehe,

* *Werke und Briefe.* Stuttgarter Ausgabe Band VII: Briefwechsel 1878–1903, S. 252 f.

– aber es mußte mich doch erst lebendige Wirklichkeit wieder streifen, bevor ich empfinden konnte: ja so muss es sein, so *ist* es.«*

In der Hochsommernacht vom 19.8.1908 begibt sich Christian Morgenstern zusammen mit Margareta Gosebruch, die er am 7.3.1910 heiratet, und bis zu seinem Tode am 31.3.1914, auf eine neue Wanderung zum Sinn des Erdenlebens: »Es ist schon etwas, so zu reisen / im Angesicht der Ewigkeit, / auf seinem Wandler hinzukreisen, / so unaussprechlich *eins* zu *zweit* …«

Christian Morgensterns ganzes Leben und Dichten ist der unerschöpfliche Versuch, das Unaussprechliche der Liebe doch auszusprechen.

* *Werke und Briefe.* Stuttgarter Ausgabe Band II: Lyrik 1906–1914, S. 684